APPEL AUX CHRÉTIENS

EN FAVEUR

DE LA GRÈCE.

[illegible]
[illegible]

IMPRIMERIE DE VICTOR CABUCHET,
RUE DU BOULOI, N° 4.

APPEL
AUX CHRÉTIENS
EN FAVEUR
DE LA GRÈCE,
ODE,

PRÉCÉDÉE

DE QUELQUES OBSERVATIONS
EN RÉPONSE A UN PASSAGE DU NOUVEL ÉCRIT DE M. DE PRADT :

DE L'EUROPE

PAR RAPPORT A LA GRÈCE ET A LA RÉFORMATION DE LA TURQUIE

Par M. Victorin C....., Avocat.

PRIX : 1 FR.

PARIS,
MONGIE, LIBRAIRE, BOULEVARD DES ITALIENS;
PONTHIEU ET Ce, LIBRAIRE, PALAIS-ROYAL;
LACOURIÈRE, LIBRAIRE, BOULEVARD DU TEMPLE, N° 47.

1826.

QUELQUES OBSERVATIONS

EN RÉPONSE A UN PASSAGE

DU NOUVEL ÉCRIT DE M. DE PRADT :

DE L'EUROPE

PAR RAPPORT A LA GRÈCE ET A LA RÉFORMATION DE LA TURQUIE.

JE n'ai point l'intention d'entrer en lutte avec M. de Pradt : les forces seraient loin d'être égales; mais un passage que j'ai remarqué dans le nouvel écrit qui paraît, m'a paru de nature à mériter une réfutation : publiant une légère pièce de vers pour faire un appel aux Chrétiens en faveur de la Grèce chrétienne, j'ai invoqué la religion pour ce peuple vaillant, je l'ai prise pour point de départ, et j'ai émis le vœu qu'une croisade se formât pour sauver cette héroïque nation. M. de Pradt, au contraire, pense que le christianisme ne doit être présenté en faveur de la Grèce que comme accessoire.

Voici ce passage.

« L'appel de la religion, dans la cause de la Grèce, « n'a-t-il pas l'inconvénient d'effectuer un retour vers « le mélange du spirituel avec le temporel : ce fléau de « l'humanité depuis quinze cents ans. On dit : Si la Grèce « périt, le christianisme périt avec elle dans l'Orient : « fort bien ; hé bien ! sauvez la Grèce, et avec elle vous «sauverez le christianisme. Ici la Grèce est le principal, «et le christianisme l'accessoire. Tous deux sont embar«qués sur le même vaisseau; mais on conçoit la Grèce «sans christianisme, on s'intéresse, on doit s'intéresser «aux descendans de nos instituteurs dans les scien«ces, indépendamment de leur culte, sans s'informer «s'il sont du rit latin et sujets de Rome. La Grèce encore «païenne parlerait vivement à nos cœurs : son courage, «ses malheurs remueraient jusqu'au fond nos entrailles; «à leur seul titre d'hommes, nous ferons tout pour «que les Grecs jouissent du droit qu'ils ont à vivre, à «se civiliser, à participer avec nous aux bienfaits de «la création. Ici l'intervention de la religion est donc «superflue; le mélange du spirituel avec le temporel a «fait trop de mal au monde pour ne pas écarter avec «soin tout ce qui peut y ramener.»

Si nous nous intéressons au sort de la Grèce, si nous légitimons son insurrection, si nous formons le vœu de voir son indépendance proclamée par toutes les nations, quel est le motif que nous devons présenter pour appuyer nos demandes; c'est que les Grecs ont jadis été nos instituteurs dans les sciences. Il est beau sans doute de rappeler les titres qu'offre la Grèce à l'intérêt et à l'admiration du genre humain, de transporter son imagination vers ces temps reculés, où le flambeau des arts brillait d'un éclat si vif dans la patrie des Hérodote, des Euripide, des Solon et des Socrate, et répandait ses clartés bienfaisantes sur les peuples qui, vainqueurs de la Grèce, devinrent tributaires des sciences de cette nation éclairée : mais que les temps de cette époque glorieuse sont loin de nous! Qu'était devenue la Grèce moderne? conquise, soumise au pouvoir musulman, esclave. Pourquoi n'est-elle pas allée s'engouffrer dans le vaste empire turc? Pourquoi, traversant des siècles, courbée sous le fardeau de la servitude, recevant les lois d'un maître despotique, cette malheureuse nation est cependant toujours restée indépendante? Pourquoi cette fusion qui se fait ordinairement d'un pays conquis avec le pays conquérant ne s'est-elle pas faite? Pourquoi! M. de Pradt ne dira pas, sans doute, que c'est aux sciences et aux arts que cultivait la Grèce ancienne, que la Grèce moderne est redevable de ce que cette fusion ne s'est pas opérée. Les sciences et les arts qui illustrèrent ce beau pays n'ont pas tardé à disparaître, et la Grèce païenne ne vivrait plus que dans nos souvenirs, si les autels des faux dieux n'eussent été renversés, et si le christianisme, en l'éclairant de ses divins préceptes, n'eût constamment mis en présence Mahomet et Jésus-Christ. Dès-lors on put prévoir que la nation conquise ne s'identifierait jamais avec la nation conquérante, et que tôt ou tard le feu sacré de liberté, qui couvait dans les cœurs généreux, finirait par produire des étincelles qui embraseraient l'Orient. La différence de religion devait donc causer une séparation continuelle du Grec avec le Musulman. Il était impossible, en effet, que ceux qui avaient embrassé le christianisme pussent former un seul et même peuple avec les sectaires du prophète de la Mecque. Celui-ci, pour parvenir à son but, avait besoin que la multitude qu'il voulait gouverner fût guidée par un fanatisme aveugle; et *si le temps de l'Arabie était à la fin venu* pour enchaîner à sa suite ces peuplades sauvages, il fallait encourager l'effervescence des passions, et surtout les entretenir dans une profonde ignorance. Les empereurs, loin de dissiper cette ignorance recommandée par le *Coran*, eurent soin d'entretenir le peuple sur les principes religieux qui voilent les effets de leur puissance tyrannique d'un prétexte divin. Mais le christianisme, en apportant aux nations un culte nouveau, a fait crouler les superstitions, établi parmi les hommes une sage liberté, de libérales institutions; et les chaînes d'une honteuse servitude sont tombées ou doivent un jour tomber des mains des esclaves. Lorsque les autels des dieux de la Grèce ont été remplacés par les autels de Jésus-Christ; lorsque les descendans intrépides des Spartiates ont levé l'étendard de la croix; lorsque la barbarie veut répandre ses ténèbres sur le sort brillant d'Athènes, et le despotisme oriental river des fers à une génération chrétienne, ne devons-nous pas présenter la religion comme étant une des causes principales qui doivent engager les peuples chrétiens à défendre leurs frères, et à empêcher que le christianisme ne soit humilié par le croissant!

Disons donc que la religion doit être rangée en première ligne dans la lutte sanglante que soutiennent les Grecs; que c'est elle qui a arrêté toute fusion avec l'empire ottoman; que c'est elle qui a conservé cette nation debout sur des ruines, pour protester de sa servitude. Si la Grèce eût été païenne, elle pouvait, à la longue, fatiguée de son oppression, pour améliorer son sort, adopter la croyance des Musulmans (et on sait avec quelle facilité les nations païennes recevaient les rites d'un culte nouveau); mais elle était chrétienne, et le christianisme ne pouvait admettre cette composition dégradante.

Comment donc se fait-il que M. de Pradt, en séparant la religion de la cause des Grecs, ne se soit pas aperçu qu'il fournissait ainsi aux antagonistes de cette valeureuse nation des armes terribles pour combattre son émancipation? Quoique ce soit un rôle qu'un peuple puisse revendiquer avec orgueil, d'avoir été instituteur du genre humain, le souvenir de ce rôle, tout brillant qu'il a été, serait-il suffisant pour sanctionner l'indépendance de la Grèce, si d'autres causes plus majeures en militaient pour elle? Admettons que la Grèce soit païenne, et qu'au nom de Jupiter, elle réclamât une liberté que la conquête lui eût ravie; peut-on croire que les peuples chrétiens manifesteraient aussi hautement le vœu de son émancipation ? L'Europe admirerait sans doute les actions héroïques des Hellènes, mais sur quoi appuierait-elle son intervention?

Les titres d'instituteurs dans les sciences, les avantages que l'Europe retirerait de son commerce avec ce peuple devenu libre, et ce dernier point est très-important, les débouchés qui seraient ouverts, sont des considérations majeures savamment développées par M. de Pradt, mais accessoires, qui doivent être nécessairement pesées par les nations, cependant qui seules ne seraient pas assez puissantes pour légitimer l'indépendance de la Grèce, si le droit n'existait pas indépendamment de ces raisons. Aussi, en recherchant les causes véritables qui entourent la Grèce d'un intérêt universel, et qui consacrent la justice de sa défense, nous les trouvons dans la religion et dans les principes sur le droit de conquête.

Dans la *religion:* nous avons cherché à démontrer que le christianisme est la cause principale qui a conservé intacte la nation grecque, et que les Grecs, comme Chrétiens, ne pourraient jamais faire un seul corps, avec les Mahométans.

Dans les principes du droit de conquête (1) : Le droit de conquête, d'après l'équité naturelle, n'existe pas; car l'équité s'oppose à ce que la force puisse rendre posses-

(1) On se rappelle avec quelle clarté et quelle force de raisonnement un noble pair, dans une note sublime sur la Grèce, a traité ces principes; et s'il est une chose dont je puisse me glorifier, c'est que dans un ouvrage sur le droit politique et public des nations, que des circonstances m'ont empêché de faire paraître, j'aie eu le bonheur d'avoir émis quelques idées semblables à celle de cet illustre écrivain, avec cette différence, que les siennes sont embellies d'un stile qui sait se parer des plus riches couleurs

seur légitime : le principe général est juste, sacré ; mais l'état social exigeait des modifications. Les nations se sont agrandies ou se sont amoindries par des défaites ou des victoires. La conquête est passagère, ou se perpétue indéfiniment. De là, le pays conquis subit des changemens plus ou moins notables, selon qu'il redevient ce qu'il a été, ou qu'il est sous la loi du vainqueur. S'il rentre dans sa position primitive, ce peut être sous des conditions ou par des causes qu'il est ici inutile d'examiner ; mais si le conquérant étend indéfiniment sa domination, s'il lègue sa conquête à ses successeurs, quel sera le sort du pays conquis, que deviendra-t-il ? Ou il conservera sa religion, ses lois, ses coutumes et usages, ou il ne les conservera pas. Dans le premier cas, ce peuple, quoique soumis au pouvoir d'un vainqueur, reste toujours peuple ; il y a une ligne de démarcation durable qui le sépare de ses maîtres ; lorsqu'il sera en état de regagner par la force ce que la force lui a enlevé, il est dans son droit, on ne peut taxer de révolte sa régénération. Dans le second cas, c'est-à-dire, s'il a changé sa religion, si ses lois ont été abolies, s'il a adopté les mœurs, les usages du vainqueur, alors il y a véritablement fusion, c'est un peuple disparu de la terre, c'est une prescription acquise en faveur du conquérant.

L'application de ces principes, par rapport à la Grèce, se présente d'elle-même. Jamais il n'y a eu aucune similitude entre la nation grecque et la nation mahométane. La religion, les mœurs, les usages, le caractère, en ont toujours formé deux peuples séparés. Si, malgré les horribles vexations dont les Grecs étaient victimes, malgré les rapines, les traitemens cruels que les Turcs infligeaient à de *vils Chrétiens*, ces Chrétiens sont cependant restés inébranlables dans leur foi ; si c'est au Christianisme qu'ils doivent le bienfait de leur régénération ; soyons assez justes pour le reconnaître ; courons au-devant de ces frères qui implorent notre secours, qui demandent à grands cris des *armes* et du *pain*, et sans être arrêtés par la crainte que le spirituel ne l'emporte sur le temporel. Peuples chrétiens ! sauvez un pays, qui combat pour une légitime indépendance !

Je n'avais l'intention que de publier une pièce de vers qui, quelque faible qu'elle soit, aura cependant aux yeux de mes concitoyens un mérite, celui de chanter une grande infortune, et je m'aperçois que je suis déjà entraîné trop loin par une réfutation sur un point qui m'a paru d'autant plus important, que je le regarde comme la cause principale, pour ne pas dire unique, qui, d'après les principes que la politique ou la sainte-alliance a annoncés au monde entier, devrait commander une intervention européenne et chrétienne. Si l'espace me l'eût permis, j'aurais examiné si, comme hommes, d'après M. de Pradt, les Grecs pouvaient prétendre à leur émancipation ; si, tout en réclamant notre intérêt comme tels, le droit politique l'eût admis ; si c'eût été le cas d'appliquer le principe émis par Rousseau, que la révolte serait permise à un peuple opprimé et d'autres questions qui ressortaient naturellement de la manière neuve sous laquelle M. de Pradt envisage la cause des Grecs. Mais je n'ai dû insister que sur un seul point ; heureux si je puis offrir le denier que réclame le tribut sacré du malheur!

APPEL

AUX CHRÉTIENS

EN FAVEUR

DE LA GRÈCE.

ODE.

Muse des chants divins! tes accens énergiques,
Aux siècles étonnés transmettent les cantiques
Que ta céleste voix adresse à l'Éternel.
L'aveugle d'Albion, par toi l'âme inspirée,
S'élançant dans son vol vers la voûte sacrée,
Ravit un langage immortel.

Quand d'un roi d'Israël la coupable arrogance
Eut provoqué de Dieu la tardive vengeance,
Qui du livre de vie efface pour jamais;
Quand de l'esprit malin il sentait la furie,
Tu guidais un berger, dont la harpe attendrie
Calmait son frénétique accès.

Des Ministres sacrés, embrâsant le génie,
Tu donnes à leurs chants la sublime harmonie,
Qui sait d'un Dieu puissant raconter la grandeur.
Des discours du vulgaire écartant la licence,
Tu sais, par les accords de ta mâle éloquence,
Chasser les rêves de l'erreur.

Ah! que si m'approchant des torrens de ta flamme,
Un rayon de ton feu se versait dans mon âme,
Des Chrétiens d'Orient je dirais les douleurs :
Des peuples endormis secouant la mollesse,
Le Croissant entendrait ma lyre vengeresse;
La Grèce aurait des défenseurs.

Ce ne sont point des vœux qu'en ce jour Dieu demande;
Mais, de vos bras vengeurs présentez-lui l'offrande!
Alors il absoudra d'un coupable retard.
Ce signe rédempteur, acquis sur le Calvaire,
Qui ravit au Démon sa proie héréditaire,
La Croix!... c'est là votre étendard.

Des rives de la Grèce aux rives de la Seine,
Il forme des Chrétiens l'indestructible chaîne;
Ce signe révéré les conduit aux combats.
Ses rayons lumineux ont ouvert la barrière,
De la Religion c'est la même bannière,
La même.... Où donc sont les soldats?

Prêtres du Dieu vivant! si, du haut de la chaire,
Vous frappez le pécheur d'un effroi salutaire,
Et brisez les liens de son iniquité;
Si, touché des accens d'une voix éloquente,
A vos pieux conseils son âme obéissante
Retourne à la Divinité;

Si, du livre éternel déployant les richesses,
Vous savez expliquer les touchantes promesses,
Et graver dans les cœurs son immortelle loi;
Si, par de beaux succès marquant votre carrière,
Vous éclairez des yeux fermés à la lumière
Du brillant flambeau de la Foi;

Honneurs vous soient rendus, héraults de l'Évangile!
Faites fructifier sa parole fertile;
Mais, pour vos cœurs brûlans, il est d'autres exploits.
Des martyrs ont chassé les dieux du Capitole,
Parthénope est chrétienne, et Baal se console:
Le Croissant insulte à la Croix!

Et le souffrirez-vous!... Pourquoi donc ce silence?
Qui peut, de votre voix, arrêter la puissance?
Mandataires de Dieu, dites-nous ses desseins:
Aux Osmanlis la Grèce est-elle destinée?
Et doit-elle subir, chrétienne abandonnée,
L'infâme joug des assassins!

Du Pâtriarche encor le sang sacré ruisselle!
Et les autels détruits, foulés par l'infidèle,
Sont là pour avertir qu'il ne fut pas vengé!
Lévites approchez... victimes volontaires!
Prêtre, vas célébrer les augustes mystères;
Martyr, tu seras égorgé!

Léon, as-tu puni cet affreux sacrilége?
Foudres du Vatican, vengeances du Saint-Siége,
A-t-on revu l'éclair de vos feux endormis?
Ils bravent ton pouvoir... successeur de saint Pierre,
Parais... et les Chrétiens, au bruit de ton tonnerre,
Terrasseront leurs ennemis.

Donne-leur ce signal... Et vous, sainte Milice,
Que de vos légions l'univers se remplisse;
De la Croix en péril publiez les affronts!
Et, s'il faut des combats, est-il plus belle arène?
La palme des martyrs, sur la sanglante scène,
Peut-être ombragera vos fronts.

Jadis Jérusalem, à la voix d'un ermite,
De Chrétiens dévoués vit accourir l'élite,
De son culte outragé relever la splendeur.
Ministre du Seigneur, rien n'arrêtait son zèle,
De la Religion active sentinelle,
La Foi seule embrasait son cœur.

Heureux ! heureux ! celui dont le divin délire,
Des grandes vérités que l'Esprit Saint inspire,
Embrasse l'étendue et peut les retracer;
Qui, soumis, attendant qu'un Dieu se manifeste,
D'une langue de feu voit le présent céleste
Sur sa tête se reposer.

C'est à vous, orateurs, trompettes de l'Église,
Que de si grands travaux appartient l'entreprise.
Dans le champ de la Foi, moissonnez des lauriers;
Faites donc retentir la chaire évangélique;
La Grèce vous demande un zèle apostolique,
Et sa lutte attend des guerriers.

Rois, peuples, répondez : dans vos cités tranquilles
Voyez-vous un vainqueur dévaster vos asiles;
Vos femmes, vos enfans, écrasés à vos yeux ?
Et, les têtes en main, ou d'un fils, ou d'un père,
Un farouche soldat demandant le salaire
A son pacha victorieux ?

Voyez-vous de vos bras une épouse arrachée,
Suivre un maître féroce, au coursier attachée,
Et son corps mutilé sous ses pieds frémissans !
Entendez-vous les cris de la mort, de la rage,
Les cris du désespoir, au milieu du carnage
Où vos frères sont expirans ?

Dans les marchés publics, mères infortunées,
Voyez-vous au harem vos filles condamnées,
Esclaves, implorer le rachat de l'honneur?
Voyez-vous un marchand, profanant l'innocence
De leurs attraits naissans, fleurs de l'adolescence,
Et spéculer sur leur fraîcheur?

Ces tragiques tableaux, ce hideux esclavage,
Ne vous présentent point leur effrayante image,
Européens; la paix vous verse ses douceurs;
Mais nos frères en Dieu, les Chrétiens de la Grèce,
Vers nos bords ont poussé le cri de la détresse,
Que redit son Église en pleurs.

Et ces vaillans guerriers que la mort environne,
Ce peuple de héros que le glaive moissonne,
Ils sont tous des Chrétiens par le Turc décimés,
Des frères... Ah! pour eux que votre cœur s'enflamme;
L'Orient est en feu, Chrétiens, il vous réclame:
Partez; vos bras sont-ils armés?

Vain espoir.... Tout se tait, et la Grèce succombe.
Le barbare répand le sommeil de la tombe.
Tout se tait; où sont-ils? où donc sont les Chrétiens?
Les Grecs régénérés ne sont-ils plus vos frères?
Avez-vous abjuré le culte de vos pères?
De l'Arche rompu les liens?

Avez-vous méconnu l'être incompréhensible,
Qui, présent en tous lieux et toujours invisible,
Fut avant tous les temps, ne doit jamais finir?
Et les cieux et la terre attestent sa puissance;
Tout parle de sa gloire : à quelle autre évidence,
Insensés, faut-il parvenir?

Faut-il qu'au mont Sina la loi vous soit donnée,
Le Jourdain refoulé vers sa source étonnée,
La manne du désert, le soleil arrêté?
Faut-il renouveler ces antiques miracles;
Des prophètes sacrés entendre les oracles,
Pour réchauffer la piété?

Faut-il que l'Homme-Dieu, victime renaissante,
Montre de son côté la plaie encor sanglante?
Sur son corps déchiré, la trace de ses clous?
Qu'en holocauste offert, sur la croix il expire?
Mais vois tous ces bienfaits, reconnais son empire,
Superbe, et fléchis les genoux.

Faut-il?... Mais dans quel temps vit-on plus de merveilles?
Quels exploits plus fameux ont frappé les oreilles?
Quels prodiges plus grands étonnent l'univers?
En vain le Musulman réclame sa conquête;
Sur des débris on voit le drapeau du Prophète,
Mais plus d'esclaves pour ses fers.

Il disait, s'arrogeant les palmes de la guerre :
Le Grec disparaîtra devant mon cimeterre,
Tel qu'un souffle chassant le sable des déserts.
Les vents ont dispersé la poussière mobile,
Et le Grec brave encore et sa rage inutile,
Et ses tyrans et ses revers.

En vain des bords du Nil, Ibrahim, tu transportes
Sur les rivages grecs tes nouvelles cohortes,
Canaris se présente, armé de ses brûlots.
Le doigt de Dieu se montre au milieu de la lutte.
Si de Missolonghi résonne au loin la chute,
Botzaris sauve des héros.

Passant, ne pleure point, vas à Lacédémone
Raconter leur trépas; c'est leur Dieu qui l'ordonne.
Léonidas chétiens, ils savent tous mourir.
Mais, que dis-je; non, non, intrépides Hellènes,
Pour défendre la Croix, vous brisâtes vos chaînes,
Non, vous ne devez point périr.

Les temps sont accomplis, la vérité s'avance.
Infidèles, du Christ vous lassez la clémence.
La Grèce vers son Dieu lève ses bras sanglans.
Prophète mensonger, déserte tes mosquées,
L'Éternel te poursuit; c'est le Dieu des armées
Qui redemande ses enfans.

Tu les as massacrés ! Tremble, peuple infidèle,
Redoute les transports de ta rage cruelle;
Il n'est point de rançon qui paiera tes fureurs.
Des héros périront, armés pour leur défense;
Mais, du sang des Chrétiens la fertile semence
Engendre de nouveaux vengeurs.

Mahmoud, arrête-toi.... tu te creuses l'abîme.
Souviens-toi que jadis, aux plaines de Solime,
On a vu les Chrétiens planter leurs pavillons.
Saint-Jean-d'Acre, Jaffa, te diront leur vaillance;
Babylone dira quelle fut la constance
De ses antiques bataillons.

Tu les verras revivre.... Et si l'idolâtrie
A d'un peuple chrétien envahi la patrie,
La Croix triomphera pour arrêter son cours.
Que de vils renégats le talent mercenaire
Instruise tes pachas au grand art de la guerre,
Fabvier des Grecs défend les jours!

Ce peuple qui long-temps enchaîna la victoire,
Qui remplit l'univers de l'éclat de sa gloire,
Les Français marcheront.... Tu connais leur valeur.
Saint-Louis a vécu; mais, assis sur le trône,
Un fils digne de lui, que l'amour environne,
Protége leur pieuse ardeur.

Mahmoud, arrête-toi.... Le maître de la terre
A versé les trésors de sa juste colère;
Il te faut respecter ses décrets éternels.
De ton superbe orgueil, vas, il te faut descendre:
Tes palais embrasés, Constantinople en cendre,
T'offrent des avis solennels.

A te soumettre encor si ta fierté balance,
Vois des soldats du Christ la troupe qui s'élance.
Croisade! cet appel émeut la chrétienté.
Par leur Dieu soutenus, Dieu que la Grèce adore,
Ils iront répéter aux rives du Bosphore,
Religion et liberté!

FIN.

www.ingramcontent.com/pod-product-compliance
Lightning Source LLC
Chambersburg PA
CBHW061522170626
46811CB00004B/1805
9782013758666